Ce livre appartient à :
offert par :

RETROUVEZ Mini-Loup DANS

Le nouveau copain de Mini-Loup

Mini-Loup et sa petite sœur

Mini-Loup fait des cauchemars

Mini-Loup fait du cinéma

Mini-Loup veut devenir grand

Mini-Loup et les petits loups filous

Mini-Loup et le trésor

Mini-Loup adore l'hiver !

Mini-Loup et les filles

Mini-Loup adore l'été !

MA PREMIÈRE BIBLIOTHÈQUE ROSE

Philippe Matter

Mini-Loup adore l'été !

HACHETTE

Les cinq histoires de ce livre sont adaptées
des BD parues dans le magazine *Winnie*.
Couleurs : Isabelle Lebeau.

Avec la collaboration de Philippe Munch

Hachette Livre, 43, quai de Grenelle, 75015 Paris.

Le premier jour des vacances

C'était le premier jour des vacances et on avait décidé d'aller à la piscine avec les copains.

C'est chouette la piscine, surtout quand on y va sans les parents : là, on peut vraiment faire les fous.

On était tellement pressés de s'amuser qu'on était un peu excités.

Ça doit être pour ça que le père Basile, qui attendait aussi l'autocar, nous a demandé de nous calmer.

Qu'est-ce que les grands peuvent être ronchons !

On était à peine montés dans le bus que ça a recommencé avec le chauffeur.

Nous, on l'aime bien le chauffeur. On le connaît depuis longtemps.

Et lui aussi il nous connaît. C'est même pour ça qu'il se méfie de nous...

Par prudence, on est allés s'installer à l'arrière.

Évidemment, les autres passagers ont trouvé le moyen de nous faire des remarques sous prétexte qu'on les avait un tout petit peu bousculés en passant !

Pff, quels rabat-joie, ces adultes. Parfois, on croirait qu'ils n'aiment pas les vacances...

Surtout les nôtres.

Ils doivent être jaloux. Mais ce n'est pas une raison pour gâcher notre plaisir !

Une fois installés sur la banquette du fond, on s'est mis à discuter de ce qu'on allait faire à la piscine : des bombes, pipi dans l'eau, embêter les filles...

On a rigolé et on a chanté. On a aussi un peu chahuté...

Et puis on s'est encore fait enguirlander.

Quand on est enfin arrivés à la piscine, on était bien contents.

C'est vrai quoi, ils commençaient à nous fatiguer les grands avec leurs « faites-pas-ci », « faites-pas-ça »...

C'était comme à l'école mais en pire !

En achetant nos tickets, on a fait attention à être très polis avec la caissière. Mais ça ne l'a pas empêchée de nous gronder...

Ce n'est quand même pas de notre faute si on déborde d'énergie, comme dit la maîtresse !

On s'est changés à toute vitesse pour échapper à la mauvaise humeur des autres baigneurs qui se plaignaient du bruit.

Il faut dire que ça résonne drôlement, un vestiaire.

Surtout si on crie un peu.

Une fois en maillot, on s'est précipités vers le grand bassin.

On allait enfin pouvoir s'amuser sans qu'un adulte vienne nous embêter pour un oui ou pour un non !

Du moins, c'est ce qu'on croyait...

Franchement, même si on avait été un peu turbulents, on n'avait pas mérité ce qui s'est passé ensuite.

Si on avait su que le neveu de la maîtresse était maître nageur, je crois qu'on serait restés chez nous...

Le pirate

J'adore les histoires de pirates et de combats sur les mers.

Ça me plaît tellement que je me suis fabriqué un vrai galion avec deux pneus de tracteur, quelques planches et un vieux drap.

J'ai fière allure sur le pont de mon navire. Mon nom est cap'taine Mini-Loup et je règne sur les eaux !

Mais les soldats ennemis rôdent et je dois ouvrir l'œil (les deux yeux, je ne peux pas à cause du bandeau !)...

D'ailleurs voilà ces pantins en uniforme !

Les lâches, ils se sont cachés sur le rivage pour me tendre une embuscade...

Que peuvent-ils entreprendre contre le roi des pirates ? Ils devraient pourtant savoir que celui qui aura raison de cap'taine Mini-Loup n'est pas encore né !

Je les ignore et poursuis ma route en ricanant.

Je crains quand même un piège car j'ai reconnu leur chef, le vil commodore Aniceto el Cochonito !

Je sais qu'il a juré ma perte et je redoute qu'il n'ait imaginé un plan pour s'emparer de mon navire.

En effet, le commodore mène ses hommes au pied d'un gros arbre dont les branches surplombent la rivière. Et ils y grimpent...

Bien que manquant d'élégance, leur manœuvre est audacieuse. Ainsi juchés, ils sont beaucoup trop proches de mon navire.

La menace paraît sérieuse mais elle ne m'impressionne pas. Quoique...

J'ai beau me savoir hors de portée, je n'aime pas la tournure que prennent les événements...

Une sourde angoisse s'empare de moi au fur et à mesure que progresse le gros de la troupe.

Mesurant le danger, je tente désespérément de changer de trajectoire mais il est déjà trop tard...

Malgré toute ma science de la navigation, je dois avouer que c'est la première fois que j'assiste à un abordage comme celui-là.

On dira ce qu'on voudra, mais c'est dur d'être un pirate quand les soldats ne respectent même plus l'art de la guerre.

La prochaine fois, on jouera aux cow-boys et aux Indiens. C'est moins brutal.

La baignade

En été, les copains passent presque tout leur temps dans l'étang. Et moi, ça m'embête parce que je n'aime pas ça !

C'est froid, ça grouille de bestioles qu'on ne voit pas et puis c'est mouillé...

Malgré tout, jc lcs accompagne pour ne pas rester seul chez moi à m'embêter.

Mais pas question de mettre le moindre orteil dans l'eau ! Je me contente de les regarder du haut de mon perchoir.

Évidemment, ils insistent toujours pour que je les rejoigne dans l'eau. Et ce jour-là, ça n'a pas raté, Mini-Pic et Anicet sont encore revenus à la charge !

Moussa, lui, n'a rien dit. Mais quand il s'est approché de mon rocher, j'aurais mieux fait de me méfier.

Il a dit qu'il me comprenait, qu'on n'était pas obligé d'aimer les bains et patati et patata...

Puis il a ajouté que, dans ce cas, rien ne valait une bonne douche. Et il a cru malin de me faire une démonstration !

Après, j'étais tout trempé et drôlement en colère !

Pour se faire pardonner, Moussa a proposé de m'apprendre à nager...

Qu'est-ce qu'il croit celui-là ? Ce n'est pas parce que je refuse de me baigner que je ne sais pas nager !

Bien sûr, Anicet et Mini-Pic ont fait ceux qui ne me croyaient pas.

Comme ils ont commencé à se moquer de moi, j'ai décidé de leur clouer le bec une bonne fois pour toutes.

Et ils allaient voir ce qu'ils allaient voir !

J'ai fait quelques exercices d'assouplissement comme les vrais champions, puis j'ai pris mon élan et...

Les copains allaient bien être obligés de reconnaître que j'avais un style digne des meilleurs spécialistes !

Ils ont attendu un petit moment, pensant me voir remonter tout de suite à la surface.

Comme ça durait vraiment longtemps, ils ont bien dû admettre que j'étais aussi très fort en sous-l'eau !

Quand ils ont réalisé que j'avais pulvérisé le record du monde de plongée, ils ont commencé à être inquiets.

C'est là qu'ils ont mis la tête sous l'eau pour voir se qui se passait...

Et ils n'ont pas été déçus !

Une fois ramené à l'air libre, il m'a fallu un peu de temps pour récupérer...

En tout cas, ils n'ont plus insisté pour que je me baigne dans l'étang.

Ils ont bien vu que c'était dangereux !

Le camping

C'était la première fois que Papa et Maman-Loup m'autorisaient à faire du camping.

Pour les copains c'était pareil, alors vous pensez bien qu'on était drôlement contents !

Je connaissais une super clairière tout au fond de la forêt. Un vrai petit paradis avec de grands arbres, un chouette ruisseau et de l'herbe tendre comme du gazon.

Bien sûr, c'était un peu loin de chez nous...

N'empêche que, lorsqu'on est enfin arrivés, tout le monde a reconnu que l'endroit valait la peine.

Le plus délicat, ça a été le montage de la tente. Les autres voulaient à tout prix m'aider mais j'ai préféré m'en occuper tout seul.

Ça m'a pris pas mal de temps mais je me suis tellement bien débrouillé que la nuit était à peine tombée quand j'ai fini.

Évidemment, les copains ont commencé par râler sous prétexte que ma tente était trop petite.

Mais ils ne se sont pas trop fait prier pour s'y abriter quand les moustiques sont passés à l'attaque...

Le plus dur, ça a été de faire entrer Moussa. C'est pas qu'il soit vraiment gros mais il est super musclé.

Surtout du ventre !

Une fois à l'intérieur, on n'était pas si mal même si on ne pouvait pas vraiment bouger...

Comme il était déjà tard, on s'est souhaité bonne nuit et on a tout de suite éteint la lumière.

On dira ce qu'on voudra mais qu'est-ce que c'est chouette de dormir à la belle étoile !

J'avais à peine fermé les yeux qu'Anicet a commencé à ronchonner : il disait qu'on ne lui laissait pas assez de place...

Mini-Pic, c'étaient plutôt les coassements des crapauds et mes petits ronflements qui l'embêtaient.

Moussa, qui n'est pas du genre à se plaindre, ne disait rien. Mais quand on l'a entendu, ça a été terrible : il a fait un prout tellement énorme que ça m'a réveillé !

On est sortis de la tente drôlement plus vite qu'on y était entrés !

Une fois à l'air libre, on a pu recommencer à respirer normalement mais on n'a pas été tranquilles pour autant.

À croire que tous les moustiques de la forêt n'attendaient que ce moment pour attaquer !

En fin de compte, ce n'était pas aussi bien que ça, la nature... On voulait bien faire du camping mais pas dans ces conditions !

Il fallait absolument qu'on trouve une solution si on voulait dormir en paix.

C'est à ce moment que j'ai eu une véritable idée de génie !

Quand j'ai expliqué mon plan, tout le monde a été d'accord.

Alors on a remballé nos affaires à toute vitesse et on s'est remis en marche.

Une fois arrivés à destination, on a réinstallé notre tente et on s'est endormis en un instant.

C'est Papa et Maman-Loup qui ont été étonnés quand ils ont réalisé où on avait fait du camping !

Les pommes

Le pire en été, c'est les fois où il n'y a personne avec qui jouer.

Et ce matin-là, justement, les copains n'avaient pas pu venir : Mini-Pic était chez sa tante, Doudou en colo et Moussa chez le dentiste !

Il y avait bien Anicet mais ça ne changeait pas grand-chose. Même avec lui, on aurait eu du mal à former une équipe de foot.

Être seul, c'est nul. Mais à deux, c'est encore pire : on s'ennuie doublement !

— On pourrait faire un tour dans le verger du père Basile, a proposé Anicet qui a toujours des idées super quand il s'agit de manger quelque chose. Et puis c'est vrai qu'elles sont bonnes, les pommes du père Basile.

— Oui, pourquoi pas ? j'ai répondu. Puisqu'on n'a rien de mieux à faire...

Nous, on l'aime bien, le père Basile. Et lui aussi il nous aime bien... malgré les blagues qu'on lui fait de temps en temps.

N'empêche qu'il avait l'air de se méfier un peu quand il nous a vus arriver.

C'est drôle ce que les grands peuvent se méfier des enfants. À croire qu'on passe notre temps à faire les imbéciles!

Ça finit par être vexant à la fin.

Quand on lui a dit qu'on voulait juste cueillir une ou deux pommes, le père Basile nous a autorisés à aller dans le verger à condition de ne pas toucher au « gros pommier du fond ».

Alors on a promis.

On était contents mais ça m'énervait, cette histoire de fruit défendu.

— Ces pommes ont l'air délicieuses, a dit Anicet en s'arrêtant sous le premier arbre venu.

Moi, je suis allé voir au fond du verger...

Comme il ne bougeait pas, j'ai traité Anicet de froussard et je suis monté tout seul dans l'arbre interdit.

Puis, je me suis installé sur une branche et j'ai commencé ma dégustation.

J'ai dit à Anicet que les pommes étaient vraiment bonnes mais tout ce qu'il a trouvé à répondre, c'est que c'est moi qui allais m'en prendre une bonne si le père Basile nous surprenait.

Il ne faut jamais dire des trucs pareils. En général, ça porte malchance...

Et ça n'a pas raté :

— Descends vite, a fait Anicet d'une petite voix suppliante, je crois qu'il vient par ici...

S'il m'avait prévenu plus tôt, j'aurais pu m'en tirer mais là, c'était un peu juste. J'étais encore assis sur ma branche quand le père Basile est arrivé !

Je suis descendu de l'arbre tout penaud et le père Basile s'est planté devant moi. Il essayait de prendre un air fâché mais je voyais bien qu'il se retenait de rigoler. J'ai bien senti que ce n'était pas normal et ça m'a mis mal à l'aise.

Mais c'est quand il a commencé à parler que je me suis vraiment senti mal :

— Je croyais vous avoir demandé de ne pas toucher à ces pommes, a dit le père Basile. Vous n'avez pas remarqué qu'elles étaient toutes véreuses ?

Le soir, à la maison, je n'ai rien pu manger.

— Même pas un dessert ? a demandé maman. C'est de la tarte aux pommes.

Là, j'ai dû faire une drôle de tête parce que papa a dit :

— Qu'est-ce que tu as ? Tu es tout vert...

— Ne parle pas de vers, j'ai supplié.

Puis je crois que j'ai été vraiment malade...

Table

« Pour l'éditeur, le principe est d'utiliser des papiers composés de fibres naturelles, renouvelables, recyclables et fabriquées à partir de bois issus de forêts qui adoptent un système d'aménagement durable. En outre, l'éditeur attend de ses fournisseurs de papier qu'ils s'inscrivent dans une démarche de certification environnementale reconnue. »

Imprimé en France par Jean-Lamour - Groupe Qualibris
Dépôt légal : juin 2008
20.24.1000.7/05 – ISBN 978-2-01-201000-0
Loi n°49-956 du 16 juillet 1949
sur les publications destinées à la jeunesse